빼앗긴 들에도 봄은 오는가

이음문고

목차

말세의 희탄

저녁의 피 묻은 동굴 속으로
아― 밑 없는 그 동굴 속으로
끝도 모르고
끝도 모르고
나는 꺼꾸러지련다.
나는 파묻히련다.

가을의 병든 미풍의 품에다
아― 꿈꾸는 미풍의 품에다
낮도 모르고
밤도 모르고
나는 술 취한 집을 세우련다.
나는 속 아픈 웃음을 빚으련다.

단조單調

비 오는 밤
가라앉은 하늘이
꿈꾸듯 어두워라.

나뭇잎마다에서
젖은 속살거림이
끊이지 않을 때일러라.

마음의 막다른
낡은 띠집*에선
넋 지 모르나 까닭도 없어라

눈물 흘리는 적笛 소리만
가없는 마음으로

* 풀로 지붕을 이은 집.

고요히 밤을 지우다.

저—편에 늘어서 있는
백양나무 숲의 살찐 그림자에는
잊어버린 기억이 떠돎과 같이
침울—몽롱한
캔버스 위에서 흐느끼다.

아! 야릇도 하여라
야밤의 고요함은
내 가슴에도 깃들이다.

벙어리 입술로
떠도는 침묵은
추억의 녹 낀 창을
죽일 숨 쉬며 엿보아라.

아! 자취도 없이
나를 꺼안는
이 밤의 홑짐*이 서러워라.

비 오는 밤
가라앉은 영혼이
죽은 듯 고요도 하여라.

내 생각의
거미줄 끝마다에서도
작은 속살거림은
줄곧 쉬지 않아라.

* 단촐하고 외로움.

가을의 풍경

맥 풀린 햇살에 반짝이는 나무는 선명하기 동양화
일러라.
흙은 아낙네를 감은 천아융* 허리띠같이도 따스워라.

무거워가는 나비 날개는 드물고도 쇄하여라.
아, 멀리서 부는 피리 소리인가! 하늘 바다에서 헤
엄질하다.

병들어 힘없이도 서있는 잔디풀— 나뭇가지로
미풍의 한숨은 가는 목을 매고 껄떡이어라.

참새 소리는 제 소리의 몸짓과 함께 가볍게 놀고
온실 같은 마루 끝에 누운 검은 괴이 등은 부드럽게
도 기름져라.

* 거죽에 고운 털이 돋게 짠 비단. 벨벳.

청춘을 잃어버린 낙엽은 미친 듯 나부끼어라.
서럽고도 즐겁게 조을음 오는 적멸이 더부렁거리다.

사람은 부질없이 가슴에다 까닭도 모르는 그리움을
안고
마음과 눈으로 지나간 푸름의 인상을 허공에다 그
리어라.

나의 침실로

– 가장 아름답고 오랜 것은 오직 꿈속에만 있어라

'마돈나' 지금은 밤도 모든 목거지에 다니노라 피곤
하여 돌아가려는 도다.
아, 너도 먼동이 트기 전으로 수밀도의 네 가슴에
이슬이 맺도록 달려오너라.

'마돈나' 오려무나. 네 집에서 눈으로 유전하던 진
주는 다 두고 몸만 오너라.
빨리 가자. 우리는 밝음이 오면 어딘지 모르게 숨는
두 별이어라.

'마돈나' 구석지고도 어둔 마음의 거리에서 나는 두
려워 떨며 기다리노라.
아, 어느덧 첫닭이 울고— 뭇 개가 짖도다. 나의 아
씨여. 너도 듣느냐.

'마돈나' 지난밤이 새도록 내 손수 닦아둔 침실로

가자. 침실로!

낡은 달은 빠지려는데, 내 귀가 듣는 발자국— 오,
너의 것이냐?

'마돈나' 짧은 심지를 더우잡고, 눈물도 없이 하소
연하는 내 맘의 촛불을 봐라.

양털 같은 바람결에도 질식이 되어 얇푸른 연기로
꺼지려는도다.

'마돈나' 오너라 가자. 앞산 그리메가 도깨비처럼
발도 없이 이곳 가까이 오도다.

아, 행여나 누가 볼는지— 가슴이 뛰누나. 나의 아
씨여. 너를 부른다.

'마돈나' 날이 새련다. 빨리 오려무나. 사원의 쇠북
이 우리를 비웃기 전에

네 손이 내 목을 안아라. 우리도 이 밤과 같이 오랜
나라로 가고 말자.

'마돈나' 뉘우침과 두려움의 외나무다리 건너 있는
내 침실 열 이도 없느니!
아, 바람이 불도다. 그와 같이 가볍게 오려무나. 나
의 아씨여. 네가 오느냐?

'마돈나' 가엾어라. 나는 미치고 말았는가. 없는 소
리를 내 귀가 들음은―,
내 몸에 파란 피― 가슴의 샘이 말라버린 듯 마음과
몸이 타려는도다.

'마돈나' 언젠들 안 갈 수 있으랴. 갈 테면 우리가
가자. 끄을려 가지 말고!
너는 내 말을 믿는 마리아― 내 침실이 부활의 동굴

임을 네야 알련만……

'마돈나' 밤이 주는 꿈. 우리가 얽는 꿈. 사람이 안
고 뒹구는 목숨의 꿈이 다르지 않으니.
아, 어린애 가슴처럼 세월 모르는 나의 침실로 가
자. 아름답고 오랜 거기로.

'마돈나' 별들의 웃음도 흐려지려 하고 어둔 밤 물
결도 잦아지려는도다.
아, 안개가 사라지기 전으로 네가 와야지. 나의 아
씨여. 너를 부른다.

이중二重의 사망

- 가서 못 오는 박태원의 애틋한 영혼에게 바침

죽음일다!
성난 해가 이빨을 갈고
입술은 붉으락푸르락 소리 없이 훌쩍이며
유린당한 계집같이 검은 무릎에 곤두치고 죽음일다!

만종의 소리에 마구를 그리워 우는 소—
피난민의 마음으로 보금자리를 찾는 새—
다— 검은 농무*의 속으로 매장이 되고
대지는 침묵한 뭉텅이 구름과 같이 되다!

「아, 길 잃은 어린양아, 어디로 가려느냐
아, 어미 잃은 새 새끼야, 어디로 가려느냐」
비극의 서곡을 리프레인하듯
허공을 지나는 숨결이 말하더라.

* 자욱하게 낀 짙은 안개.

아, 도적놈의 죽일 숨 쉬듯 한 미풍에 부딪혀도
설움의 실패꾸리를 풀기 쉬운 나의 마음은
하늘 끝과 지평선이 어둔 비밀실에서 입 맞추다
죽은 듯한 그 벌판을 지나려 할 때 누가 알랴.
어여뿐 계집의 씹는 말과 같이
제 혼자 지즐대며 어둠에 끓는 여울은 다시 고요히
농무에 휩싸여 맥 풀린 내 눈에서 껄떡이다.

바람결을 안으려 나부끼는 거미줄같이
헛웃음 웃는 미친 계집의 머리털로 묶은─
아, 이내 신령의 낡은 거문고 줄은
청철의 옛 성문으로 닫힌 듯한 얼빠진 내 귀를 뚫고
울어들다─ 울어들다─ 울다가는 다시 웃다─
악마가 야호野虎같이 춤추는 깊은 밤에
물방앗간의 풍차가 미친 듯 돌며
곰팡이 슬은 성대로 목메인 노래를 하듯……!

저녁 바다의 끝도 없이 몽롱한 머—ㄴ 길을
운명의 악지바른* 손에 끄을려 나는 방황해가는도다.
남풍에 돛대 꺾인 목선과 같이 나는 방황해가는도다.

아, 인생의 쓴 향연에 부름 받은 나는 젊은 환몽의
속에서
청상**의 마음 위와 같이 적막한 빛의 음지에서
구차를 따르며 장식의 애곡을 듣는 호상객처럼—
털 빠지고 힘없는 개의 목을 나도 드리우고
나는 넘어지다— 나는 꺼꾸러지다!

죽음일다!
부드럽게 뛰노는 나의 가슴이

* 손아귀의 힘이 센.
** 청상과부.

주린 빈랑***의 미친 발톱에 찢어지고
아우성치는 거친 어금니에 깨물려 죽음일다!

*** 승냥이의 암컷.

마음의 꽃

- 청춘의 상뇌傷惱 되신 동무를 위하여

오늘을 넘어선 가리지 말라!
슬픔이든 기쁨이든 무엇이든
오는 때를 보려는 미리의 근심도—.

아, 침묵을 품은 사람아 목을 열어라.
우리는 아무래도 가고는 말 나그넬러라.
젊음의 어둔 온천에 입을 적셔라.

춤추어라. 오늘만의 젖가슴에서
사람아, 앞뒤로 헤매지 말고
짓태워 버려라!
끄을려 버려라!
오늘의 생명은 오늘의 끝까지만—

아, 밤이 어두워 오도다.
사람은 헛것일러라.

때는 지나가다.
울음의 먼 길 가는 모르는 사이로—

우리는 가슴 복판에 숨어 사는
옅푸른 마음의 꽃아 피어버려라.
우리는 오늘을 기리며 먼 길 가는 나그넬러라.

독백

나는 살련다, 나는 살련다
바른 맘으로 살지 못하면 미쳐서도 살고 말련다
남의 입에서 세상의 입에서
사람 영혼의 목숨까지 끊으려는
비웃음의 살이
내 송장의 불쌍스런 그 꼴 위로
소낙비같이 내리쏟을지라도—
짓퍼부을지라도
나는 살련다, 내 뜻대로 살련다
그래도 살 수 없다면—
나는 제 목숨이 아까운 줄 모르는
벙어리의 붉은 울음 속에서라도
살고는 말련다
원한이라는 이름도 얼굴도 모르는
장마 진 냇물의 여울 속에 빠져서
나는 살련다

게서 팔과 다리를 허둥거리고

부끄럼 없이 몸살을 쳐보다

죽으면— 죽으면— 죽어서라도 살고는 말련다

허무교도의 찬송가

오를지어다. 있다는 너희들의 천국으로—
내려보내라. 있다는 너희들의 지옥으로—
나는 하나님과 운명에게 사로잡힌 세상을 떠난,
너희들의 보지 못할 머—ㄴ 길 가는 나그네일다!

죽음을 가진 뭇 떼여! 나를 따라라!
너희들의 청춘도 새 송장의 눈알처럼 쉬 꺼지리라.
아! 모든 신명이여, 사기사*들이여, 자취를 감추어라.
허무를 깨달은 그때의 칼날이 네게로 가리라.

나는 만상을 가리운 가장 너머를 보았다.
다시 나는, 이 세상의 비부를 혼자 보았다.
그는 이 땅을 만들고 인생을 처음으로 만든 미지의
요정이 저에게 반역할까 하는 어리석은 뜻으로

*사기꾼.

'모든 것이 헛것이다' 적어둔 그 비부를,

아! 세상에 있는 무리여! 나를 믿어라.
나를 따르지 않거든, 속 썩은 너희들의 사랑을 가져
가거라.
나는 이 세상에서 빌어 입은 '숨기는 옷'을 벗고
내 집 가는 어렴풋한 직선의 위를 이제야 가려 함이다.

사람아! 목숨과 행복이 모르는 새 나라에만 있도다.
세상은 죄악을 뉘우치는 마당이니
게서 얻은 모—든 것은 목숨과 함께 던져버리라.
그때야, 우리를 기다리던 우리 목숨이 참으로 오리라.

지반정경

- 파계사 용소에서

능수버들의 거듭 포개인 잎 사이에서
해는 주등색朱橙色의 따사로운 웃음을 던지고
깜푸르게 몸꼴 꾸민, 저편에선
남모르게 하는 바람의 군소리― 가만히 오다.

나는 아무 빛깔에도 없는 욕망과 기원으로
어디인지도 모르는 생각의 바다 속에다
원무 추는 혼령을 뜻대로 보내며
여름 우수에 잠긴 풀 사잇길을 오만스럽게 밟고 간다.

우거진 나무 밑에 넋 빠진 네 몸은
속마음 깊게― 고요롭게― 미끄러우며
생각에 겨운 눈물과 같이
이름도 얼굴도 모르는 빈 꿈을 얽매더라.

물 위로 죽은 듯 엎디어 있는

끝도 없이 열푸른 하늘의 영원성 품은 빛이
그리는 애인을 뜻밖에 만난 미친 마음으로
내 가슴에 나도 몰래 숨었던 나라와 어우러지다.

나의 넋은 바람결의 구름보다도 연약하여라.
잠자리와 제비 뒤를 따라, 가볍게 돌며
별나라로 오르다— 갑자기 흙 속으로 기어들고
다시는, 해묵은 낙엽과 고목의 거미줄과도 헤매이노라.

저문 저녁에, 쫓겨난 쇠북 소리 하늘 너머로 사라지고
이 날의 마지막 놀이로 어린 고기들 물놀이 칠 때
내 머리 속에서 단잠 깬 기억은 새로이 이곳 온 까닭
을 생각하노라.
이곳이 세상 같고, 내 한 몸이 모든 사람 같기도 하다!
아 너그럽게도 숨 막히는 그윽함일러라 고요로운 설
움일러라.

방문 거절

아 내 맘의 잠근 문을 두드리는 이여, 네가 누냐?
이 어둔 밤에
'영예!'
방두깨 살자는 영예여! 너거든 오지 말아라.
나는 네게서 오직 가엾은 웃음을 볼 뿐이로다.

아 벙어리 입으로 문만 두드리는 이여, 너는 누냐?
이 어둔 밤에
'생명!'
도깨비 노래하자는 목숨아, 너는 돌아가거라.
네가 주는 것 다만 내 가슴을 썩인 곰팡이뿐일러라.

아 아직도 문을 두드리는 이여— 이 어둔 밤에
'애련!'
불놀이하자는 사랑아, 너거든 와서 낚아가거라.
내겐 너 줄, 오직 네 병든 몸속에 누울 넋뿐이로다.

비음緋音

-'비음'의 서사

이 세기를 몰고 너흐는, 어두운 밤에서
다시 어둠을 꿈꾸노라 조으는 조선의 밤—
망각 뭉텅이 같은, 이 밤 속으론
햇살이 비추어 오지도 못하고
하나님의 말씀이, 배부른 군소리로 들리노라

낮에도 밤— 밤에도 밤—
그 밤의 어둠에서 스며 난, 두더지 같은 신령은,
광명의 목거지란 이름도 모르고
술 취한 장님이 머—ㄴ 길을 가듯
비틀거리는 자국엔, 핏물이 흐른다!

가장 비통한 기욕祈慾

– 간도 이민을 보고

아, 가도다 가도다 쫓아가도다.
잊음 속에 있는 간도와 요동 벌로
주린 목숨 움켜쥐고 쫓아가도다.
자갈을 밥으로 햇채*를 마셔도
마구나 가졌더라면 단잠을 얽맬 것을—
사람을 만든 검아 하루 일찍
차라리 주린 목숨을 빼앗아가거라!

아, 사노라 사노라 취해 사노라.
자포 속에 있는 서울과 시골로
멍든 목숨 행여 갈까 취해 사노라.
어둔 밤 말 없는 돌을 안고서
피 울음을 울었더라면 설움은 풀릴 것을—
사람을 만든 검아 하루 일찍
차라리 취한 목숨 죽여버려라!

* 더러운 물.

빈촌의 밤

봉창 구멍으로
나르—ㄴ하여 조으노라.
깜박이는 호롱불
햇빛을 꺼리는 늙은 눈알처럼
세상 밖에서 앓는다, 앓는다.

아, 나의 마음은
사람이란 이렇게도
광명을 그리는가—
담조차 못 가진 거적문 앞에를
이르러 들으니, 울음이 돌더라.

조소

두터운 이불을
포개 덮어도
아직 추운
이 겨울밤에
언 길을 밟고 가는
장돌림, 봇짐장수
재 너머 마을
저자 보려
중얼거리며,
헐떡이는 숨결이,
아—
나를 보고, 나를
비웃으며 지난다.

어머니의 웃음

날이 맞도록
온 데로 헤매노라—
나른한 몸으로도
시들픈 맘으로도
어둔 부엌에,
밥 짓는 어머니의
나보고 웃는 빙그레 웃음!

내 어려 젖 먹을 때
무릎 위에다,
나를 고이 안고서
늙음조차 모르던
그 웃음을 아직도
보는가 하니
외로움의 조금이
사라지고, 거기서
가는 기쁨이 비로소 온다.

이별을 하느니

어쩌면 너와 나 떠나야겠으며 아무래도 우리는 나
누어져야겠느냐?
남몰래 사랑하는 우리 사이에 우리 몰래 이별이 올
줄은 몰랐어라.

꼭두머리로 오르는 정열에 가슴과 입술이 떨어 말
보담 숨결조차 못 쉬노라.
오늘 밤 우리들의 목숨이 꿈결같이, 보일 애타는 네
맘속을 내 어이 모르랴.

애인아 하늘을 보아라 하늘이 까라졌고 땅을 보아
라 땅이 꺼졌도다.
애인아 내 몸이 어제같이 보이고 네 몸도 아직 살아
서 내 곁에 앉았느냐?

어쩌면 너와 나 떠나야겠으며 아무래도 우리는 나

누어져야겠느냐?
우리 둘이 나누어져 생각하고 사느니 차라리 바라
보며 우는 별이나 되자!

사랑은 흘러가는 마음 위에서 웃고 있는 가벼운 갈
대꽃인가.
때가 오면 꽃송이는 굻아지며 때가 가면 떨어졌다
썩고 마는가.

님의 기림에서만 믿음을 얻고 님의 미움에서는 외
로움만 받을 너이었더냐.
행복을 찾아선 비웃음도 모르는 인간이면서 이 고
행을 싫어할 나이었더냐.

애인아 물에다 물 탄 듯 서로의 사이에 경계가 없던
우리 마음 위로

애인아 검은 그림자가 오르락내리락 소리도 없이
얼른거리도다.

남몰래 사랑하는 우리 사이에 우리 몰래 이별이
올 줄은 몰랐어라.
우리 둘이 나누어져 사람이 되느니 차라리 피 울음
우는 두견이나 되자!

오려무나 더 가까이 내 가슴을 안아라 두 마음 한
가닥으로 얼어보고 싶다.
자그마한 부끄럼과 서로 아는 미쁨 사이로 눈감고
오는 방임을 맞이하자.

아 주름 접힌 네 얼굴— 이별이 주는 애통이냐,
이별은 쫓고 내게로 오너라.
상아의 십자가 같은 네 허리만 더위잡는 내 팔 안

으로 달려만 오너라.

애인아 손을 다오 어둠 속에도 보이는 납색의 손을
내 손에 쥐어다오.
애인아 말해다오 벙어리 입이 말하는 침묵의 말을
내 눈에 일러다오.

어쩌면 너와 나 떠나야겠으며 아무래도 우리는 나
누어져야겠느냐?
우리 둘이 나누어져 미치고 마느니 차라리 바다에
빠져 두 머리 인어로나 되어서 살자!

폭풍우를 기다리는 마음

오랜 오랜 옛적부터
아, 몇백 년 몇천 년 옛적부터
호미와 가래에게 등살을 벗기우고
감자와 기장에게 속기름을 빼앗기인
산촌의 뼈만 남은 땅바닥 위에서
아직도 사람은 수확을 바라고 있다.

게으름을 빚어내는 이 늦은 봄날
「나는 이렇게도 시달렸노라……」
돌멩이를 내보이는 논과 밭
거기서 조으는 듯 호미질하는—
농사짓는 사람의 목숨을 나는 본다.

마음도 입도 없는 흙인 줄 알면서
얼마라도 더 달라고 정성껏 뒤지는
그들의 가슴엔 저주를 받을

숙명이 주는 자족이 아직도 있다.
자족이 시킨 굴종이 아직도 있다.

하늘에도 게으른 흰 구름이 돌고
땅에서도 고달픈 침묵이 깔아진
오— 이런 날 이런 때에는
이 땅과 내 마음의 우울을 부술
동해에서 폭풍우나 쏟아져라— 빈다.

바다의 노래

- 나의 넋, 물결과 어우러져 동해의 마음을 가져온 노래

내게로 오너라, 사람아 내게로 오너라.
병든 어린애의 헛소리와 같은
묵은 철리와 같은 낡은 성교聖敎는 다 잊어버리고
애통을 안은 채 내게로만 오너라.

하나님을 비웃을 자유가 여기에 있고
늙어지지 않는 청춘도 여기에 있다.
눈물 젖은 세상을 버리고 웃는 내게로 와서
아 생명이 변동에만 있음을 깨쳐보아라.

극단

펄떡이는 내 신령이 몸부림치며
어제 오늘 몇 번이나 발버둥질하다
쉬지 않는 타임은 내 울음 뒤로
흐르도다 흐르도다 날 죽이려 흐르도다.

별빛이 달음질하는 그 사이로
나뭇가지 끝을 바람이 무찌를 때
귀뚜라미 왜 우는가 말 없는 하늘을 보고?
이렇게도 세상은 야밤에 있어라.

지난해 지난날은 그 꿈속에서
나도 몰래 그렇게 지나왔도다
땅은 내가 디딘 땅은 몇 번 궁구려
아 이런 눈물 골짝에 날 던졌도다.

나는 몰랐노라 안일한 세상이 자족에 있음을

나는 몰랐노라 행복된 목숨이 굴종에 있음을
그러나 새 길을 찾고 그 길을 가다가
거리에서도 죽으려는 내 신령은 너무도 외로워라.

자족 굴종에서 내 길을 찾기보담
오 차라리 죽음— 죽음이 내 길이노라
다른 나라 새살이*로 들어갈 그 죽음이!

그러나 이 길을 밟기까지는
아 그날 그때가 가장 괴롭도다
아직도 남은 애달픔이 있으려니
그를 생각는 그때가 쓰리고 아프다.

가서는 오지 못할 이 목숨으로

* 새롭게 삶을 산다는 뜻의 대구 방언.

언제든지 헛웃음 속에만 살려거든
검아 나의 신령을 돌멩이로 만들어다고
개천 바닥에 썩고 있는 돌멩이로 만들어다오.

선구자의 노래

나는 남 보기에 미친 사람이란다마는
나는 내 알기엔 참된 사람이노라.

나를 아니꼽게 여길 이 세상에는
살려는 사람이 많기도 하여라.

오 두려워라 부끄러워라
그들의 꽃다운 살이가 눈에 보인다.

행여나 내 목숨이 있기 때문에
그 살림을 못 살까─ 아 죄롭다.

내가 알음이 적은가 모름이 많은가
내가 너무나 어리석은가 슬기로운가.

아무래도 내 하고 싶음은 미친 짓뿐이라

남의 꿀 듣는 집을 문훌지 나도 모른다.

사람아 미친 내 뒤를 따라만 오너라
나는 미친 흥에 겨워 죽음도 뵈줄 테다.

구루마꾼

「날마다 하는 남부끄런 이 짓을
너희들은 예사롭게 보느냐?」고
웃통도 벗은 구루마꾼이
눈 붉혀 뜬 얼굴에 땀을 흘리며
아낙네의 아픔도 가리지 않고
네거리 위에서 소 흉내를 낸다.

엿장수

네가 주는 것이 무엇인가?
어린이에게도 늙은이에게도
짐승보담은 신령하단 사람에게
단맛 뵈는 엿만이 아니다
단맛 너머 그 맛을 아는 맘
아무라도 가졌느니 잊지 말라고
큰 가위로 목탁 치는 네가
주는 것이란 어찌 엿뿐이랴!

거지

아침과 저녁에만 보이는 거러지야!
이렇게도 완악하게 된 세상을
다시 더 가엽게 여겨 무엇하랴. 나오너라.

하나님의 아들들의 죄록*인 거러지야!
그들은 벼락 맞을 저들을 가엾게 여겨
한낮에도 움 속에 숨어주는 네 맘을 모른다, 나오너라.

*죄를 기록한 문서.

금강송가

– 중향성 향나무를 더우잡고

금강! 너는 보고 있도다— 너의 쟁위로운 목숨이 엎디어 있는 가슴— 중향성* 품속에서 생각의 용솟음에 끄을려 참회하는 벙어리처럼 침묵의 예배만 하는 나를!

금강! 아, 조선이란 이름과 얼마나 융화된 네 이름이냐. 이 표현의 배경 의식은 오직 마음의 눈으로만 읽을 수 있도다. 모—든 것이 어둠에 질식되었다가 웃으며 놀라 깨는 서색**의 영화와 여일***의 신수를 묘사함에서— 게서 비로소 열정과 미의 원천인 청춘— 광명과 지혜의 자모****인 자유— 생명과 영원의 고향인 묵동默動을 볼 수 있느니 조선이란 지오

* 금강산 내금강의 영랑봉 동남쪽을 병풍처럼 둘러싸고 있는 하얀 바위 성.
** 새벽 빛.
*** 화창한 봄날. 또는 맑게 개어 날씨가 좋은 날.
**** 자식에 대한 사랑이 깊다는 뜻으로 '어머니'를 이르는 말.

의가 여기 숨었고 금강이란 너는 이 오의* 집중 통각에서 상징화한 존재이여라.

금강! 나는 꿈속에서 몇 번이나 보았노라. 자연 가운데의 한 성전인 너를— 나는 눈으로도 몇 번이나 보았노라. 시인의 노래에서 또는 그림에서 너를— 하나, 오늘에야 나의 눈앞에 솟아있는 것은 조선의 정령이 공간으론 우주 마음에 촉각이 되고 시간으론 무한의 마음에 영상이 되어 경의의 창조로 현현된 너의 실체이어라.

금강! 너는 너의 관미로운 미소로써 나를 보고 있는 듯 나의 가슴엔 말래야 말 수 없는 야릇한 친애와 까닭도 모르는 경건한 감사로 언젠지 어느덧 채워

* 어떤 사물이나 현상이 지니고 있는 깊은 뜻.

지고 채워져 넘치도다. 어제까지 어둔 살이에 울음을 우노라— 때 아닌 늙음에 쭈그러진 나의 가슴이 너의 자안**과 너의 애무로 다리미질한 듯 자그마한 주름조차 볼 수 없도다.

금강! 벌거벗은 조선— 물이 마른 조선에도 자연의 은총이 별달리 있음을 보고 애틋한 생각— 보배로운 생각으로 입술이 달거라— 노래 부르노라.

금강! 오늘의 역사가 보인 바와 같이 조선이 죽었고 석가가 죽었고 자장미륵 모든 보살이 죽었다. 그러나 우주 생성의 노정을 밟노라— 때로 변화되는 이 과도현상을 보고 묵은 그 시절의 조선 얼굴을 찾을 수 없어 조선이란 그 생성 전체가 죽고 말았다—

** 자애로운 얼굴.

어리석은 말을 못 하리라. 없어진 것이란 다만 묵은 조선이 죽었고 묵은 조선의 사람이 죽었고 묵은 네 목숨에서 곁방살이하던 인도印度의 모든 시상이 죽었을 따름이다. 항구한 청춘―무한한 자유―조선의 생명이 종합된 너의 존재는 영원한 자연과 미래의 조선과 함께 길이 누릴 것이다.

금강! 너는 사천여 년의 오랜 옛적부터 퍼붓는 빗발과 몰아치는 바람에 갖은 위협을 받으면서 황량하다. 오는 이조차 없던 강원의 적막 속에서 망각 속에 있는 듯한 고독의 설움을 오직 동해의 푸른 노래와 마주 읊조려 잊어버림으로 서러운 자족을 하지 않고 도리어 그 고독으로 너의 정열을 더욱 가다듬었으며 너의 생명을 갑절 북돋우었도다.

금강! 하루 일찍 너를 찾지 못한 나의 게으름― 나

의 둔각이 얼마만치나 부끄러워, 죄스러워 붉은 얼굴로 너를 바라보지 못하고 벙어리 입으로 너를 바로 읊조리지 못하노라.

금강! 너는 완미한* 물物도 허환虛幻한 정精도 아닌—물과 정의 혼융체 그것이며, 허수아비의 정도 미쳐 다니는 동動도 아닌— 정과 동의 화해기和諧氣 그것이다. 너의 자신이야말로 천변만화의 영혜** 가득 찬 계시이어라. 억대조겁의 원각 덩어리인 시편이여라. 만물상이 너의 운융에서 난 예지가 아니냐 만폭동이 너의 화해***에서 난 선율이 아니냐. 하늘을 어루만질 수 있는 곤려昆廬— 미륵이 네 생명의 승앙昇昻을 쏘이며 바다 밑까지 꿰뚫은 입담, 구룡이 네

* 융통성이 없이 올곧고 고집이 세어 사리에 어둡다.
** 영민하고 날카로운 기세가 있다.
*** 깨달아서 앎.

053

생명의 심삼深滲을 말하도다.

금강! 아, 너 같은 극치의 미가 꼭 조선에 있게 되었음이 야릇한 기적이고 자그마한 내 생명이 어찌 네 애훈愛熏을 받잡게 되었음이 못 잊을 기적이다. 너를 예배하려 온 이 가운데는 시인도 있었으며 도사도 있었다. 그러나 그 시인들은 네 외포미外包美의 반쯤도 부르지 못하였고 그 도사들은 네 내재상의 첫길에 헤매다가 말았다.

금강! 조선이 너를 뫼신 자랑— 네가 조선에 있는 자랑— 자연이 너를 낳은 자랑— 이 모든 자랑을 속 깊이 깨치고 그를 깨친 때의 경이 속에서 집을 얽매고 노래를 부를 보배로운 한 정령이 미래의 조선에서 나오리라. 나오리라.

금강! 이제 내게는 너를 읊조릴 말씨가 적어졌고 너를 기려줄 가락이 거칠어져 다만 내 가슴속에 있는 눈으로 내 마음의 발자국 소리를 내 귀가 헤아려 듣지 못할 것처럼— 나는 고요로운 황홀 속에서— 할아버지의 무릎 위에 앉은 손자와 같이 예절과 자중을 못 차릴 네 웃음의 황홀 속에서 나의 생명 너의 생명 조선의 생명이 서로 묵계*되었음을 보았노라 노래를 부르며 가벼우나마 이로써 사례를 아뢰노라. 아 자연의 성전이여! 조선의 영대**여!

* 말 없는 가운데 뜻이 서로 맞음. 또는 그렇게 하여 성립된 약속.
** 신령스러운 곳이라는 뜻으로, 마음을 이르는 말. 임금이 올라가서 사방을 바라보던 대.

청량세계

아침이다.

여름이 웃는다. 한 해 가운데서 가장 힘차게 사는답게 사노라고 꽃불 같은 그 얼굴로 선잠 깬 눈들을 부시게 하면서 조선이란 나라에도 여름이 웃는다.

오 사람아! 변화를 따르기엔 우리의 촉각이 너무도 둔하고 약함을 모르고 사라지기만 하고 있다.
그러나 자연은 지혜를 보여주며 건강을 돌려주려 이 계절로 전신을 했어도 다시 온 줄을 이제야 알 때다.

꽃 봐라 꽃 봐라 떠들던 소리가 잠결에 들은 듯이 흐려져 버리고 숨 가쁜 이 더위에 떡갈잎 잔디풀이 까지끄지 터졌다.
오래지 않아서 찬 이슬이 내리면 볕살에 다 쬐인 능금과 벼알에 배부른 단물이 빙그레 돌면서 그들의 생명은 완성이 될 것이다.

열정의 세례를 받지도 않고서 자연의 성과만 기다리는 신령아! 진리를 따라가는 한 갈래 길이라고 자랑삼아 안고 있는 너희들의 그 이지는 자연의 지혜에서 캐온 것이 아니라 인생의 범주를 축제함으로써 자멸적 자족에서 긁어모은 망상이니 그것은 진도 아니오 선도 아니며 더우든 미도 아니오 다만 사악이 생명의 탈을 쓴 것뿐임을 여기서도 짐작을 할수 있다.

아 한낮이다.
이미 위로 내려쪼이는 백 금실 같은 날카로운 광선이 머리가닥마다를 타고 골속으로 스며들며 마음을 흔든다 마음을 흔든다. ─ 나뭇잎도 번쩍이고 바람결도 번쩍이고 구름조차 번쩍이나 사람만 홀로 번쩍이지 않는다고―.

언젠가 우리가 자연의 계시에 충동이 되어서 인생의 의식을 실현한 적이 조선의 기억에 있느냐 없느냐? 두더지같이 살아온 우리다. 미적지근한 빛에서는 건강을 받기보담 권태증을 얻게 되며 잇닿은 멸망으로 나도 몰래 넘어진다.

살려는 신령들아! 살려는 네 심원도 나무같이 뿌리 깊게 땅속으로 얽어매고 오늘 죽고 말지언정 자연과의 큰 조화에서 나누이지 말아야만 비로소 내 생명을 가졌다고 할 것이다.

저녁이다.

여름이 성내었다 여름이 성내었다. 하늘을 보아라 험상스런 구름 떼가 빈틈없이 덮여있고 땅을 보아라 분념이 꼭대기로 오를 때처럼 주먹 같은 눈물이 함박으로 퍼붓는다.

까닭 몰래 감흥이 되고 답답하게 무더우나 가슴속에 물기가 돌며 마음이 반가웁다. 오 얼마나 통쾌하고 장황한 경면인가!

강둑이 무너질지 땅바닥이 갈라질지 의심과 주저도 할 줄을 모르고 귀청이 찢어지게 소리를 치면서 최시와 최종만 회복해보려는 막지 못할 그 일념을 번갯불이 선언한다.

아, 이때를 반길 이가 어느 누가 아니랴마는 자신과 경물에 분재된 한 의식을 동화시킬 그 생명도 조선아 가졌느냐? 자연의 열정인 여름의 변화를 보고 불쌍하게 무서워만 하는 마음이 약한 자와 죄과를 가진 자여 사악에 추종을 하던 네 행위의 징벌을 이제야 알아라.

그러나 네 마음에 뉘우친 생명이 구비를 치거든 망령되게 절망을 말고 저—편 하늘을 바라다 보아라. 검은 구름 사이에 흰 구름이 보이고 그 너머 저녁놀이 돌지를 않는냐?

오늘 밤이 아니면 새는 아침부터는 아마도 이 비가 개이곤 말 것이다.

아, 자연은 이렇게도 언제든지 시일을 준다.

오늘의 노래

나의 신령!
우울을 헤칠 그 날이 왔다!
나의 목숨아!
발악을 해볼 그때가 왔다.

사천 년이란 오랜 동안에
오늘의 이 아픈 권태 말고도 받은 것이 있다면 그게
무엇이랴
시기에서 난 분열과 그기서 얻은 치욕이나 열정을
죽였고
새로 살아날 힘조차 뜯어먹으려는—
관성이란 해골의 떼가 밤낮으로 도깨비 춤추는 것
뿐이 아니냐?
아— 문둥이의 송장 뼈다귀보다도 더 더럽고
독사의 삭은 등성이 뼈보다도 더 무서운 이 해골을
태워버리자! 태워버리자!

부끄러워라 제 입으로도 거룩하다 자랑하는 나의 몸은

안을 수 없는 이 괴롬을 피하려 잊으려

선웃음치고 하품만 하며 해채 속에서 조을고 있다.

그러나 아직도—

쉴 사이 없이 울며 가는 자연의 변화가 내 눈에 내 눈에 보이고

'죽지도 살지도 않는 너의 생명이 아니다'란 내 맘의 비웃음까지 들린다 들린다.

아 서리 맞은 배암과 같은 이 목숨이나마 끊어지기 전에

입김을 불어넣자. 핏물을 드리워보자.

묵은 옛날은 돌아보지 말려고 기억을 무찔러 버리고 또 하루 못 살면서 먼 앞날을 좇아가려는 공상도 말아야겠다.

게으름이 빚어낸 조을음 속에서 나올 것이란 죄 많은 잠꼬대뿐이니

오랜 병으로 혼백을 잃은 나에게 무슨 놀라움이 되랴.

애달픈 멸망의 해골이 되려는 나에게 무슨 영약이 되랴.

아 오직 오늘의 하루로부터 먼저 살아나야겠다.

그리하여 이 하루에서만 영원을 잡아 쥐고 이 하루에서 세기를 헤아리려

권태를 부수자! 관성을 죽이자!

나의 신령아!

우울을 헤칠 그날이 왔다.

나의 목숨아!

발악을 해볼 그때가 왔다.

새 세계

나는 일찍 이 세상 밖으로
남모를 야릇한 나라를 찾던 나이다.
그러나 지금은 넘치는 만족으로
나의 발치에서 놀라고 있노라.

이제는 내가 눈앞에 사랑을 찾고
가마득한 나라에선 찾지 않노라,
햇살에 그을은 귀여운 가슴에
그 나라의 이슬이 맺혀 있으니.

무지갯발과 같이 오고 또 가고
해와 함께 허공의 호흡을 쉬다가
저녁이면 구슬같이 반짝이며
달빛과 바람이 어우러지도다.

저무는 저녁 입술 내 이마를 태우고
밤은 두 팔로 나를 안으며,

옛날의 살틋한 맘 다 저버리지 않고
하이얀 눈으로 머리 굽혀 웃는다.

나는 꿈꾸는 내 눈을 닫고
거룩한 광명을 다시 보았다.
예전 세상이 그때에 있을 때
우리가 사람을 잊지 않던 것처럼.

이리하여 하늘에 있다는 모든 것이
이 세상에 다— 있음을 나는 알았다
어둠 속에서 본 한 가닥 햇살은
한낮을 꺼릴 만큼 갑절 더 밝다.

이래서 내 마음 이 세상이 즐거워
옛적 사람과 같이 나눠 살면서
은가루 안개를 온몸에 두르고
무르익은 햇살에 그을리노라.

조선병 朝鮮病

언제나 오늘 보이는 사람마다 숨결이 막힌다.
오래간만에 만나는 반가움도 없이
참외꽃 같은 얼굴에 선웃음이 집을 짓더라.
눈보라 몰아치는 겨울 맛도 없이
고사리 같은 주먹에 진땀물 굽이치더라.
저 하늘에다 봉창이나 뚫으랴 숨결이 막힌다.

겨울 마음

물장수가 귓속으로 들어와 내 눈을 열었다.
보아라!
까치가 뼈만 남은 나뭇가지에서 울음을 운다.
왜 이래?
서리가 덩달아 추녀 끝으로 눈물을 흘리는가.
내야 반가웁기만 하다 오늘은 따습겠구나.

초혼*

서럽다 건망증이 든 도회야!
어제부터 살기조차 다— 두었대도
몇백 년 전 네 몸이 생기던 옛꿈이나마
마지막으로 한 번은 생각코나 말아라.
서울아, 반역이 낳은 도회야!

*사람이 죽었을 때에 그 혼을 소리쳐 부르는 일.

도쿄에서

- 1922년 가을

오늘이 다 되도록 일본의 서울을 헤매어도
나의 꿈은 문둥이 살기 같은 조선의 땅을 밟고 돈다.

예쁜 인형들이 노는 이 도회의 호사로운 거리에서
나는 안 잊히는 조선의 하늘이 그리워 애달픈 마음에
노래만 부르노라.

'동경'의 밤이 밝기는 낮이다— 그러나 내게 무엇이랴!
나의 기억은 자연이 준 등불 해금강의 달을 새로이
솟친다.

색채의 음향이 생활의 화려로운 아롱사를 짜는—
예쁜 일본의 서울에서도 나는 암멸暗滅을 서럽게—
달게 꿈꾸노라.

아 진흙과 짚풀로 얽맨 움 밑에서 부처같이 벙어리로

사는 신령아

우리의 앞엔 가느나마 한 가닥 길이 뵈느냐― 없느

냐― 어둠뿐이냐?

거룩한 단순의 상징체인 흰옷 그 너머 사는 맑은 네

맘에

숯불에 손 데인 어린 아기의 쓰라림이 숨은 줄을 뉘

라서 아랴!

벽옥의 하늘은 오직 네게서만 볼 은총 받았던 조선

의 하늘아

눈물도 땅속에 묻고 한숨의 구름만이 흐르는 네 얼

굴이 보고 싶다.

아 예쁘게 잘 사는 '동경'의 밝은 웃음 속을 온 데로

헤매나

내 눈은 어둠 속에서 별과 함께 우는 흐린 호롱불을
넋 없이 볼 뿐이다.

본능의 노래

밤새도록 하늘의 꽃밭이 세상으로 옴시사 비는 입에
서나
날삯에 팔려, 과년해진* 몸을 모시는 흙마루에서나
앓는 이의 조으는 숨결에서나, 다시는
모든 것을 시들프게 아는 늙은 마음 위에서나
어디서 언제일는지
사람의 가슴에 뛰놀던 가락이 너무나 고달파지면
'목숨은 가엾은 부림꾼이라' 곱게도 살찌게 쓰다듬어
주려
입으로 하품이 흐르더니― 이는 신령의 풍류이어라
몸에선 기지개가 커이더니― 이는 신령의 춤이어라.

이 풍류의 소리가 네 입에서 사라지기 전
이 춤의 발자국이 네 몸에서 떠나기 전

*주로 여자의 나이가 보통 혼인할 시기를 지난 상태에 있다는 말.

(그때는 가려운 옴자리를 긁음보다도 밤마다 꿈만
꾸던 두 입술이 비로소 맞붙는 그때일러라)
그때의 네 눈엔 간악한 것이 없고
죄스러운 생각은 네 맘을 밟지 못하도다.
아, 만 입을 내가 가진 듯 거룩한 이 동안을 나는
기리노라.
때마다 흘겨보고 꿈에도 싸우든 넋과 몸이 어우러
지는 때다.
나는 무덤 속에 갔어도 이같이 거룩한 때에 살고자
읊으려노라.

원시적 읍울*

-어촌 애경

방랑성을 품은 에메랄드 널판의 바다가 말없이 엎드
렸음이
산 머리에서 늦여름의 한낮 숲을 보는 듯― 조으는
얼굴일러라.
짜증나게도 늘어진 봄날― 오후의 하늘이야 희기도
하여라.
거기에선 이따금 어머니의 젖꼭지를 빠는 어린애 숨
결이 날려 오도다.
사선 언덕 위로 쭈그리고 앉은 두어 집 울타리마다
걸어 둔 그물에 틈틈이 끼인 조개껍질은 머―르리서
웃는 이빨일러라.
마을 앞으로 엎드려 있는 모래 길에는 아무도 없고나.
지난밤 밤 나기에 나른하여― 낮잠의 단술을 마심인
가 보다.

* 걱정스러워 마음이 답답함.

다만 두서넛 젊은 아낙네들이 붉은 치마 입은 허리에 광주리를 달고

바다의 꿈같은 미역을 걷으며 여울 돌에서 여울 돌로 건너만 간다.

잠결에 듣는 듯한 뻐꾸기의 부드럽고도 구슬픈 울음소리에

늙은 삽사리 목을 뻗고 살피다간 다시 눈 감고 졸더라.

나의 가슴엔 갈매기 떼와 함께 수평선 밖으로 넘어가는 마음과

넋 잃은 시선― 어느 것 보이지도 보려도 안는 물 같은 생각의 구름만 쌓일 뿐이어라.

이 해를 보내는 노래

「가뭄이 들고 큰물이 지고 불이 나고 목숨이 많이 죽은 올해이다. 조선 사람아 금강산에 불이 났다. 이 한 말이 얼마나 깊은 묵시인가. 몸서리 치이는 말이 아니냐. 오, 하나님— 사람의 약한 마음이 만든 도깨비가 아니라 누리에게 힘을 주는 자연의 영정인 하나뿐인 사람의 예지—를 불러 말하노니 잘못 짐작을 갖지 말고 바로 보아라. 이 해가 다 가기 전에—. 조선 사람의 가슴마다에 숨어 사는 모든 하느님들아!」

하느님 나는 당신께 돌려보냅니다.
속 썩은 한숨과 피 젖은 눈물로 이 해를 싸서
웃고 받을지 울고 받을지 모르는 당신께 돌려보냅니다.
당신이 보낸 이 해는 목마르던 나를 물에 빠뜨려 죽이려다가

누더기로 겨우 가린 헐벗은 몸을 태우려도 하였고
주리고 주려서 사람끼리 원망타가 굶어 죽고만 이
해를 돌려보냅니다.

하느님! 나는 당신께 여쭈려 합니다.

땅에 엎드려 하늘을 우러러 창자 비—ㄴ 손으로
밉게 들을지 섭게 들을지 모르는 당신께 여쭈려 합
니다.

당신 보낸 이 해는 우리에게 '노아의 홍수'를 갖고
왔다가

그날의 '유황불'은 사람도 만들 수 있다 태워 보였
으나

주리고 주려도 우리들이 못 깨쳤다 굶어 죽였는가
여쭈려 합니다.

아 하느님!

이 해를 받으시고 오는 새해 아침부턴 벼락을 내려
주십시오.

악도 선보담 더 착할 때 있음을 아옵든지 모르면
죽으리라.

통곡

하늘을 우러러
울기는 하여도
하늘이 그리워 울음이 아니다
두 발을 못 뻗는 이 땅이 애달파
하늘을 흘기니
울음이 터진다.
해야 웃지 마라.
달도 뜨지 마라.

시인에게

한 편의 시 그것으로
새로운 세계 하나를 낳아야 할 줄 깨칠 그때라야
시인아 너의 존재가
비로소 우주에게 없지 못할 너로 알려질 것이다.
가뭄 든 논끼에는 청개구리 울음이 있어야 하듯—

시 세계란 속에서도
마음과 몸이 갈려 사는 줄. 풍류만 나와 보아라.
시인아 너의 목숨은
진저리 나는 절름발이 노릇을 아직도 하는 것이다.
언제든지 일식된 해가 돋으면 뭣하며 진들 어떠랴.

시인아 너의 영광은
미친개 꼬리도 밟는 어린애의 짬 없는 그 마음이 되어
밤이라도 낮이라도

새 세계를 낳으려 소댄* 자국이 시가 될 때에― 있다.
촛불로 날아들어 죽어도 아름다운 나비를 보아라.

* 애를 쓰며 여기저기를 마구 돌아다닌다는 뜻의 대구 방언.

비 갠 아침

밤이 새도록 퍼붓던 그 비도 그치고
동쪽 하늘이 이제야 불그레하다
기다리는 듯 고요한 이 땅 위로
해는 점잖게 돋아 오른다.

눈부신 이 땅
아름다운 이 땅
내야 세상이 너무도 밝고 깨끗해서
발을 내밀기에 황송만 하다.

해는 모든 것에게 젖을 주었나 보다
동무여 보아라
우리의 앞뒤로 있는 모든 것이
햇살의 가닥─가닥을 잡고 빨지 않느냐.

이런 기쁨이 또 있으랴

이런 좋은 일이 또 있으랴

이 땅은 사랑 뭉텅이 같구나

아 오늘의 우리 목숨은 복스러워도 보인다.

빼앗긴 들에도 봄은 오는가

지금은 남의 땅― 빼앗긴 들에도 봄은 오는가?

나는 온몸에 햇살을 받고
푸른 하늘 푸른 들이 맞붙은 곳으로
가르마 같은 논길을 따라 꿈속을 가듯 걸어만 간다.

입술을 다문 하늘아 들아
내 맘에는 내 혼자 온 것 같지를 않구나
네가 끌었느냐 누가 부르더냐 답다워라 말을 해다오.

바람은 내 귀에 속삭이며
한 자국도 섰지 마라 옷자락을 흔들고
종다리는 울타리 너머에 아씨같이 구름 뒤에서 반갑
다 웃네.

고맙게 잘 자란 보리밭아

간밤 자정이 넘어 내리던 고운 비로
너는 삼단 같은 머리를 감았구나 내 머리조차 가뿐
하다.

혼자라도 가뿐하게나 가자
마른 논을 안고 도는 착한 도랑이
젖먹이 달래는 노래를 하고 제 혼자 어깨춤만 추고
가네.

나비 제비야 깝치지 마라.
맨드라미 들마꽃에도 인사를 해야지
아주까리기름*을 바른 이가 지심매던 그들이라 다
보고 싶다.

* 피마자유. 피마자 열매의 씨로 짠 기름. 완화제나 관장제로 쓰며 피부나 머
리에 바르기도 한다.

내 손에 호미를 쥐어다오

살찐 젖가슴 같은 부드러운 이 흙을

팔목이 시도록 밟아도 보고 좋은 땀조차 흘리고 싶다.

강가로 나온 아이와 같이

짬도 모르고 끝도 없이 닫는 내 혼아

무엇을 찾느냐 어디로 가느냐 우스웁다 답을 하려무나.

나는 온몸에 풋내를 띠고

푸른 웃음 푸른 설움이 어우러진 사이로

다리를 절며 하루를 걷는다 아마도 봄 신령이 잡혔나
보다.

그러나 지금은— 들을 빼앗겨 봄조차 빼앗기겠네.

파란 비

파—란 비가 '초—ㄱ 초—ㄱ' 명주 찢는 소리를 하고
오늘 낮부터 아직도 온다.
비를 부르는 개구리 소리 어쩐지 을씨년스러워 구슬픈
마음이 가슴에 밴다.

나는 마음을 다 쏟던 바느질에서 머리를 한 번 쳐들고
는 아득한 생각으로 빗소리를 듣는다.
'초—ㄱ 초—ㄱ' 내 울음같이 훌쩍이는 빗소리야 내 눈
에도 이슬비가 속눈썹에 듣는고나.
날 맞도록 오기도 하는 파—란 비라고 서러움이 아니다.
나는 이 봄이 되자 어머니와 오빠 말고 낯선 다른 이가
그리워졌다.
그러기에 나의 설움은 파—란 비가 오면서부터 남부끄
러 말은 못하고 가슴 깊이 뿌리가 박혔다.
매몰스런 파—란 비는 내가 지금 이와 같이 구슬픈지
는 꿈에도 모르고 '초—ㄱ 초—ㄱ' 나를 울린다.

달아

달아!
하늘 가득히 서러운 안개 속에
꿈 모다기같이 떠도는 달아
나는 혼자
고요한 오늘 밤을 들창에 기대어
처음으로 안 잊히는 그이만 생각는다.
달아!
너의 얼굴이 그이와 같네
언제 보아도 웃던 그이와 같네
착해도 보이는 달아
만져
보고 싶은 달아
잘도 자는 풀과 나무가 예사롭지 않네.
달아!
나도 나도
문틈으로 너를 보고

그이 가깝게 있는 듯이

야릇한 이 마음 안은 이대로

다른 꿈은 꾸지도 말고 단잠에 들고 싶다.

달아!

너는 나를 보네

밤마다 솟치는 그이 눈으로—

달아 달아

즐거운 이 가슴이 아프기 전에

잠재워다오— 내가 내가 자야겠네.

달밤

- 도회都會

먼지투성이인 지붕 위로
달이 머리를 쳐들고 서네.

떡잎이 짙어진 거리의 '포플러'가 실바람에 불려
사람에게 놀란 도적이 손에 쥔 돈을 놓아버리듯
하늘을 우러러 은쪽을 던지며 떨고 있다.

풋솜에나 비길 얇은 구름이
달에게로 달에게로 날아만 들어
바다 위에 섰는 듯 보는 눈이 어지럽다.

사람은 온몸에 달빛을 입은 줄도 모르는가
둘씩 셋씩 짝을 지어 예사롭게 지껄인다.
아니다 웃을 때는 그들의 입에 달빛이 있다 달 이야
긴가 보다.

아 하다못해 오늘 밤만 등불을 꺼버리자.

촌각시같이 방구석에서 추녀 밑에서

달을 보고 얼굴을 붉힌 등불을 보려무나.

거리 뒷간 유리창에도

달은 내려와 꿈꾸고 있네.

지구 흑점의 노래

영영 변하지 않는다 믿던 해 속에도 검은 점이 돋쳐
—세상은 쉬 식고 말려 여름철부터 모르리라—
맞거나 말거나 덩달아 걱정은 하나마
죽음과 삶이 숨바꼭질하는 위태로운 땅덩이에서도
어째 여기만은 눈 빠진 그믐밤조차 더 내려 깔려
애달픈 목숨들이— 길욱하게도 못 살 가엾은 목숨
들이
무엇을 보고 어찌 살고 앙가슴을 뚜드리다 미쳐나
보았던가.
아 사람의 힘은 보잘것없다 건방지게 비우고
구만 층 높은 하늘로 올라가 사는 해 걱정을 함이야
말로 주제넘다.
대대로 흙만 파먹으면 한결같이 살려니 하던 것도
—우스꽝스런 도깨비에게 홀린 긴 꿈이었나—
알아도 겪어도 예사로 여겨만 지는가
이미 밤이면 반딧불 같은 별이나마 나와는 주어야지

092

어째 여기만은 숨통 막는 구름조차 또 겹쳐 끼어
울어도 쓸데없이— 단 하루라도 살 듯 살아볼 거리
없이
무엇을 믿고 잊어 볼꼬 땅바닥에 뒤궁굴다 죽고나
말 것인가.
아 사람의 마음은 두려울 것 없다 만만하게 생각코
천 가지 갖은 지랄로 잘 까부는 저 하늘을 둠이야말
로 속 터진다.

저무는 놀 안에서

- 노인의 수고를 읊조림

거룩하고 감사로운 이 동안이
영영 있게스리 나는 울면서 빈다.
하루의 이 동안— 저녁의 이 동안이
다만 하루만이라도 머물러 있게스리 나는 빈다.

우리의 목숨을 기르는 이들
들에서 일깐에서 돌아오는 때다.
사람아, 감사의 웃는 눈물로 그들을 씻자
하늘의 하나님도 쫓아낸 목숨을 그들은 기른다.

아 그들의 흘리는 땀방울이
세상을 만들고 다시 움직인다.
가지런히 뛰는 네 가슴속을 듣고 들으면
그들의 헐떡이던 거룩한 숨결을 네가 찾으리라.

땀 찬 이마와 맥 풀린 눈으로

괴로운 몸 움막집에 쉬러 오는 때다.
사람아 마음의 입을 열어 그들을 기리자.
하나님이 무덤 속에서 살아옴에다 어찌 견주랴.

거룩한 저녁 꺼지려는 이 동안에 나 혼자 울면서 노
래 부른다.
사람이 세상의 하나님을 알고 섬기게스리 나는 노
래 부른다.

비를 다오

- 농민의 정서를 읊조림

사람만 다라워진 줄로 알았더니
필경에는 믿고 믿던 하늘까지 다라워졌다
보리가 팔을 벌리고 달라다가 달라다가
이제는 굶아진 몸으로 목을 댓자나 빠주고 섰구나!

반갑지도 않은 바람만 냅다 불어
가엾게도 우리 보리가 황달증이 든 듯이 노랗다
풀을 뽑느니 이장에 손을 대보느니 하는 것도
이제야 헛일을 하는가 싶어 맥이 풀려만 진다!

거름이야 죽을 판 살판 걸우어 두었지만
비가 안 와서― 원숫놈의 비가 오지 않아서
보리는 벌써 목이 말라 입에 대지도 않는다
이렇게 한 장 동안만 더 간다면
그만― 그만이다. 죽을 수밖에 없는 노릇이로구나!

하늘아 한 해 열두 달 남의 일 해주고 겨우 사는 이
목숨이
곯아죽으면 네 맘에 시원할 게 뭐란 말이냐
제발 빌자! 밭에서 갈잎 소리가 나기 전에
무슨 수가 나주어야 올해는 그대로 살아나가 보제!

다라운 사람 놈의 세상에 몹쓸 팔자를 타고나서
살도 죽도 못해 잘난 이 짓을 대대로 하는 줄은
하늘아! 네가 말은 안 해도 짐작이야 못 했것나
보리도 우리도 오장이 다 탄다 이러지 말고 비를 다고!

곡자사 哭子詞

응희야! 너는 갔구나
엄마가 넌지 아비가 넌지
너는 모르고 어디로 갔구나!

불쌍한 어미를 가졌기 때문에
가난한 아비를 두었기 때문에
오자마자 네가 갔구나.

달보다 잘났던 우리 응희야
부처님보다도 착하던 응희야
너를 언제나 안아나 줄꼬

그러께* 팔월에 네가 간 뒤
그해 시월에 내가 갇히어

* 재작년이라는 의미의 대구 방언.

네 어미 간장을 태웠더니라.

지나간 오월에 너를 얻고서
네 어미가 정신도 못 차린 첫 칠날
네 아비는 또다시 갇히었더니라.

그런 뒤 오온 한 해도 못 되어
갖은 꿈 온갖 힘 다 쓰려던
이 아비를 버리고 너는 갔구나.

불쌍한 속에서 네가 태어나
불쌍한 한숨에 휩쌔고 말 것
어미 아비 두 가슴에 못이 박힌다.

말 못 하던 너일망정 잘 웃기 때문에
장차는 어려움 없이 잘 지내다가

사내답게 한평생을 마칠 줄 알았지.

귀여운 네 발에 흙도 못 묻혀
몹쓸 이런 변이 우리에게 온 것
아, 마른하늘 벼락에다 어이 견주랴.

너 위해 읽던 꿈 어디 쓰고
네게만 쏟던 사랑 뉘게다 줄꼬
웅희야 제발 다시 숨 쉬어다오

하루해를 네 곁에서 못 지내본 것
한 가지도 속 시원히 못 해준 것
감옥 방 판자벽이 얼마나 울었던지.

웅희야! 너는 갔구나
웃지도 울지도 꼼짝도 않고.

불쌍한 선물로 설움을 끼고
가난한 선물로 몹쓸 병 안고
오자마자 네가 갔구나.

하늘보다 더 미덥던 우리 응희야
이 세상엔 하나밖에 없던 응희야
너를 언제나 안아나 줄꼬—

대구大邱 행진곡

앞으로는 비슬산 뒤로는 팔공산
그 복판을 흘러가는 금호강 물아
쓴 눈물 긴 한숨이 얼마나 쌨기에
밤에는 밤 낮에는 낮 이리도 우나

반 남아 무너진 달구성 옛터에나
숲 그늘 우거진 도수원 놀이터에
오고 가는 사람이 많기야 하여도
방천둑 고목처럼 여윈 이 얼마랴

넓다는 대구 감영 아무리 좋대도
웃음도 소망도 빼앗긴 우리로야
님조차 못 가진 외로운 몸으로야
앞뒤뜰 다 헤매도 가슴이 답답타

가을밤 별같이 어여쁜 이 있거든
착하고 귀여운 술이나 부어 다고
숨 가쁜 이 한밤은 잠자도 말고서
달 지고 해 돋도록 취해나 볼 테다.

병적 계절

기러기 제비가 서로 엇갈림이 보기에 이리도 서러운가.
귀뚜리 떨어진 나뭇잎을 부여잡고 긴 밤을 새네.
가을은 애달픈 목숨이 나누어질까 울 시절인가보다.

가없는 생각 짬 모를 꿈이 그만 하나둘 잦아지려는가.
홀아비같이 헤매는 바람 떼가 한 배 가득 굽이치네.
가을은 구슬픈 마음이 앓다 못해 날뛸 시절인가보다.

하늘을 보아라 야윈 구름이 떠돌아다니네.
땅 위를 보아라 젊은 조선이 떠돌아다니네.

예지

혼자서 깊은 밤에 별을 봄에
갓 모를 백사장에 모래알 하나같이
그리도 적게 세인 나인 듯하여
갑갑하고 애달프다가 눈물이 되네.

반딧불

– 단념은 미덕이다 (루낭)

보아라 저게!
아―니 또 여게!

까마득한 저문 바다 등대와 같이
짙어 가는 밤하늘에 별 낱과 같이
켜졌다 꺼졌다 깜작이는 반딧불!

아 철없이 뒤따라 잡으려 마라
장미꽃 향내와 함께 듣기만 하여라
아낙네의 예쁨과 함께 맞기만 하여라.

농촌의 집

아버지는 지게 지고 논밭으로 가고요
어머니는 광 지고 시냇가로 갔어요
자장자장 울지 마라 나의 동생아
네가 울면 나 혼자서 어찌하라냐.

해가 저도 어머니는 왜 오시지 않나
귀한 동생 배고파서 울기만 합니다.
자장자장 울지 마라 나의 동생아
저기저기 돌아오나 마중 가보자.

역천*

이때야말로 이 나라의 보배로운 가을철이다
더구나 그림과도 같고 꿈과도 같은 좋은 밤이다
초가을 열나흘 밤 열푸른 유리로 천장을 한 밤
거기서 달은 마중 왔다 얼굴을 쳐들고 별은 기다린
다 눈짓을 한다
그리고 실낱같은 바람은 길을 끄으려 바라노라 이
따금 성화를 하지 않는가.

그러나 나는 오늘 밤에 좋아라 가고프지가 않다.
아니다 나는 오늘 밤에 좋아라 보고프지도 않다.

이런 때 이런 밤 이 나라까지 복되게 보이는 저편
하늘을
햇살이 못 쪼이는 그 땅에 나서 가슴 밑바닥으로

*역천명. 하늘의 뜻을 어김.

못 웃어본 나는 선뜻만 보아도
철모르는 나의 마음 홀아비 자식 아비를 따르듯 불 본
나비가 되어
꾀이는 얼굴과 같은 달에게로 웃는 이빨 같은 별에게로
앞도 모르고 뒤도 모르고 곤두치듯 줄달음질을 쳐서
가더니.
그리하여 지금 내가 어디서 무엇 때문에 이 짓을 하는지
그것조차 잊고서도 낮이나 밤이나 노닐 것이 두려웁다.

걸림 없이 사는 듯하면서도 걸림뿐인 사람의 세상—
아름다운 때가 오면 아름다운 그때와 어울려 한 뭉텅
이가 못 뇌어지는 이 살이—
꿈과도 같이 그림과도 같고 어린이 마음 위와 같은 나
라가 있어
아무리 불러도 멋대로 못 가고 생각조차 못 하게 지천
을 떠는 이 설움

벙어리 같은 이 아픈 설움이 칡넝쿨같이 몇 날 몇 해
나 얽히어 틀어진다.

보아라 오늘 밤에 하늘이 사람 배반하는 줄 알았다.
아니다 오늘 밤에 사람이 하늘 배반하는 줄도 알았다.

나는 해를 먹다

구름은 차림옷에 놓기 알맞아 보이고
하늘은 바다같이 깊다라—ㄴ하다.

한낮 뙤약볕이 쬐는지도 모르고
온몸이 아닌 넋조차 깨운—아찔하여지도록
뼈저리는 좋은 맛에 자지러지기는
보기 좋게 잘도 자란 과수원의 목거지다.

배추 속처럼 핏기 없는 얼굴에도
푸른빛이 비치어 생기를 띠고
더구나 가슴에는 깨끗한 가을 입김을 안은 채
능금을 바수노라 해를 지우나니.

나뭇가지를 더위잡고 발을 뻗기도 하면서
무성한 나뭇잎 속에 숨어 수줍어하는
탐스럽게 잘도 익은 과일을 찾아

위태로운 이 짓에 가슴을 조이는 이때의 마음 저
하늘같이 맑기도 하다.

머리카락 같은 실바람이 아무리 나부껴도
메밀꽃밭에 춤추던 벌들이 아무리 울어도
지난날 예쁜 이를 그리어 살며시 눈물지는,
그런 생각은 꿈밖에 꿈으로도 보이지 않는다.

남의 과일 밭에 몰래 들어가
험상스런 얼굴과 억센 주먹을 두려워하면서.
하나둘 몰래 훔치던 어릴 적 철없던 마음이 다시
살아나자.
그립고 우습고 죄 없던 그 기쁨이 오늘에도 있다.

부드럽게 쌓여 있는 이랑의 흙은
솥뚜껑을 열고 밥 김을 맡는 듯 구수도 하고

나무에 달린 과일― 푸른 그릇에 담긴 깍두기같이
입안에 맑은 침을 자아내나니.

첫가을! 금호강 굽이쳐 흐르고
벼 이삭 배부르게 늘어져 섰는
이 벌판 한가운데 주저앉아서
두 볼이 비자웁게 해 같은 능금을 나는 먹는다.

서러운 해조

하이얗던 해는
떨어지려 하야
헐떡이며
피 뭉텅이가 되다.

샛붉던 마음
늙어지려 하야
곯아지며
굼벵이 집이 되다.

하루 가운데
오는 저녁은
너그럽다는 하늘의
못 속일 멍통*일러라.

*머리가 텅 빈 바보 같은 이를 지칭하는 말.

일생 가운데
오는 젊음은
복스럽다는 사람의
못 감출 설움일러라.

기미년

이 몸이 제아무리 부지런히 소원대로
어머님 못 모시니 죄스럽다 뵈올 적에
님이야 허랑타 한들 내 아노라 우시던 일

눈이 오시네

눈이 오시면—
내 마음은 미치나니
내 마음은 달뜨나니
오 눈 오시는 오늘 밤에
그리운 그이는 가시네
그리운 그이는 가시고
눈은 자꾸 오시네

눈이 오시면—
내 마음은 달뜨나니
내 마음은 미치나니
아 눈 오시는 이 밤에
그리운 그이는 가시네
그리운 그이는 가시고
눈은 오시네!

쓰러져 가는 미술관

– 어려서 돌아간 인순의 신령에게

옛 생각 많은 봄철이 불타오를 때
사납게 미친 모—든 욕망—회환을 가슴에 안고
나는 널 속을 꿈꾸는 이불에 묻혔어라

조각조각 흩어진 내 생각은 민첩하게도
오는 날 묵은 해 산 너머 구름 위를 더위잡으며
말 못 할 미궁에 헤맬 때 나는 보았노라

진흙 칠한 하늘이 나직하게 덮여
야릇한 그늘 끼인 냄새가 떠도는 검은 놀 안에
오 나의 미술관! 네가 게서 섰음을 내가 보았노라

내 가슴의 도장에 숨어 사는 어린 신령아!
세상이 둥근지 모난지 모르던 그날그날
내가 네 앞에서 부르던 노래를 아직도 못 잊노라

크레오파트라의 코와 모나리-자의 손을 가진
어린 요정아! 내 혼을 가져간 요정아!
가차운 먼 길을 밟고 가는 너야 나를 데리고 가라

오늘은 임자도 없는 무덤— 쓰러져 가는 미술관아
잠자지 않는 그날의 기억을 안고 안고
너를 그리노라 우는 웃음으로 살다 죽을 나를 불러라

청년

청년— 그는 동망— 제대로 노니는 향락의 임자
첫여름 돋는 해의 혼령일러라

흰옷 입은 내 어느덧 스물 젊음이어라
그러나 이 몸은 울음의 왕이어라

마음은 하늘가를 나르면서도
가슴은 붉은 땅을 못 떠나노라

바람도 기쁨도 어린애 잠꼬대로
해 밑에서 밤 자리로 ○○○○○○*

청년— 흰옷 입은 나는 비애의 임자
늦겨울 빚은 술의 생명일러라

*6자 불명.

무제

오늘 이 길을 밟기까지는
아 그때가 가장 괴롭도다
아직도 남은 애달픔이 있으려니
그를 생각는 오늘이 쓰리고 아프다

헛웃음 속에 세상이 잊어지고
끄을리는 데 사람이 산다면
검아 나의 신령을 돌멩이로 만들어 다고
제 살이의 길은 제 찾으려는 그를 죽여 다고

참 웃음의 나라를 못 밟을 나이라면
차라리 속 모르는 죽음에 빠지련다
아, 멍들고 이울어진 이 몸은 묻고
쓰린 이 아픔만 품 깊이 안고 죽으련다

그날이 그립다

내 생명의 새벽이 사라지도다.
그립다 내 생명의 새벽— 서러워라 나 어릴 그때도
지나간 검은 밤들과 같이 사라지려는 도다.
성여의 피수포처럼 더러움의 손 입으로는 감히 대이
기도 부끄럽던 아가씨의 목— 젖가슴 빛 같은 그때
의 생명!

아 그날 그때에는 낮도 모르고 밤도 모르고 봄빛을
머금고 움 돋던 나의 영이 저녁의 여울 위로 곤두박
질치는 고기가 되어
술 취한 물결처럼 갈모로 춤을 추고 꽃심의 냄새를 뿜
는 숨결로 아무 가림도 없는 노래를 잇대어 불렀다.

아 그날 그때에는 낮도 없이 밤도 없이 행복의 시내가
내게로 흘러서 은 칠한 웃음을 만들어만 내며 혼자 있
어도 외롭지 않았고 눈물이 나와도 쓰린 줄 몰랐다.

네 목숨의 모두가 봄빛이기 때문에 울던 이도 나만
보면 웃어들 주었다.

아 그립다 내 생명의 개벽— 서러워라 나 어릴 그때
도 지나간 검은 밤들과 같이 사라지려 도다.
오늘 성경 속의 생명수에 아무리 조촐하게 씻은 손
으로도 감히 만지기에 부끄럽던 아가씨의 목— 젖
가슴 빛 같은 그때의 생명!

교남학교 교가

태백산이 높솟고
낙동강 내달은 곳에
오는 세기 앞잡이들
손에 손을 잡았다.
높은 내 이상 굳은 너의 의지로
나가자 가자 아아 나가자
예서 얻은 빛으로
삼천리 골골에 샛별이 되어라.

만주벌

만주벌 묵밭에 묵은 풀은
피맺힌 우리네 살림살이
회오리 바람결 같은 신세
이 벌판 먼지가 되나 보다

이상화

1901~1943

이상화는 1901년 4월 경상북도에서 태어났다. 다섯 살에 아버지를 여의고 14세까지 큰아버지 이일우에 의해 양육되었으며, 그의 훈도를 받으며 우현학교에서 수학하였다. 1915년 경성부의 중앙학교에 입학했으나 1918년 봄에 학교를 중퇴하였고, 자퇴 직후 강원도 금강산 일대를 방랑하였다. 1922년 『백조』 1호에 『말세의 희탄』 『단조』 『가을의 풍경』 세 편의 시를 발표하면서 등단했다. 1925년에 작품 활동을 활발히 했으며, 1933년 교남학교에서 조선어와 영어, 작문 교사로 근무했다. 1943년 초 갑자기 쓰러졌다가 그해 3월 병원에서 위암 진단을 받았다. 투병 중에 대구 자택에서 위암과 폐결핵, 장결핵의 합병증으로 43세의 젊은 나이로 숨졌다. 이상화는 1920년대 전반기 우리나라 현대 시학의 선구자 가운데 한 사람으로 평가받으며 시와 평론, 소설, 수필, 편지글 등 다방면으로 글을 남긴 당대의 지성인이었다. 『백조』 동인으로서 유미적 낭만주의적 경향과 『폐허』 동인으로서 민족 저항 주의적 성향의 다면성을 보여주었다.

그 몸은 아들들의 육신을, 그 멋진 인간의 사본을 찍어내는 데에 사용되었다. 그리고 이제는 기진맥진한 몸으로, 열매를 털어낸 껍질처럼 쉬고 있었다. 이제 아들딸들도 그들 차례가 오면 자신의 살로부터 작은 인간들을 찍어낼 것이다. 농가에서 사람이 죽는 일이란 없었다. 돌아가신 어머니여, 만수무강하소서!

모든 이들이 흰 머리칼을 한 아름다운 자신의 유해를 가는 길에 내버리며 변신을 통해 미지의 진실을 향해 나아가는 이런 혈통의 이미지는, 분명 고통스럽지만 동시에 참으로 단순하다.

바로 이런 이유로, 그날 저녁 작은 시골 마을에서 죽음을 알리는 종소리에는 절망이 아닌 조용하고 부드러운 희열이 가득 찬 것처럼 느껴졌다. 종소리는 장례식과 세례식 때와 똑같은 소리로, 세대가 교체됨을 다시 한 번 알려주고 있었다. 가련한 늙은 여인과 대지의 약혼을 축하하는 찬가를 들으며, 사람들은 지극한 평화로움만을 느꼈다.

서서히 나무가 자라듯 세대에서 세대로 전승되는 그

것은 생명이기도 했지만 또한 정신이었다. 이 얼마나 신비로운 상승인가! 용해된 용암으로부터, 별의 반죽으로부터, 기적적으로 싹이 튼 살아 있는 세포에서 탄생한 우리가, 차츰 성장하여 칸타타를 작곡하고 은하수를 측정하기에 이르렀으니.

어머니는 아들들에게 생명을 전달하고 언어만 가르쳐준 것이 아니다. 어머니는 수세기에 걸쳐 서서히 축적해온 지식을, 자신이 위탁받은 영적 자산을, 뉴턴이나 셰익스피어를 동굴 속 야만인과 구분해주는 전통과 개념, 신화의 그 작은 꾸러미를 맡기고 있었다.

충격이 벌어지는 와중에도 스페인 군인들을 식물학 수업으로 떠미는 그 배고픔, 메르모즈를 남대서양으로 떠밀었으며 다른 어떤 이를 시詩를 향해 떠미는 그런 배고픔을 우리가 느낀다는 것은, 창세기가 끝나지 않았으며 우리가 자신과 세계에 대해 인식해야 함을 뜻한다. 어두운 밤에 우리는 다리를 내걸어야 한다. 이 사실을 모르는 사람은 이기적인 무심함을 지혜라 믿는 사람들뿐이다. 하지만 그런 지혜는 모든 것과 모순되지 않는가! 동료들이여, 나의 동료들이여, 나는 그대

들을 증인으로 세워 묻는다. 언제 우리가 진실로 행복하다 느꼈던가?

4

이 책의 마지막 부분에 이르니, 나이 든 공무원들이 떠오른다. 운 좋게 조종사로 지명되어 인간으로 변모할 준비를 마쳤을 때, 첫 우편기를 몰게 된 새벽에 우리를 배웅해주던 그 나이 든 공무원들이 떠오른다. 그들은 우리와 닮아 있었지만, 자신이 굶주렸다는 사실을 전혀 알지 못했다.

너무도 많은 사람들이 그냥 잠든 채로 살아간다.

몇 년 전에 기차 여행을 하던 중, 자갈에 바닷물이 떠밀려오는 소리를 들으며 사흘이나 꼼짝없이 갇혀 있었던 그곳을 걸어보고 싶은 생각이 들었다. 그래서 자리에서 일어났다. 새벽 한 시쯤 기차 끝까지 쭉 가로질러 가보았다. 침대칸과 일등칸은 비어 있었다.

하지만 삼등칸에는 프랑스에서 쫓겨나 고국으로 돌아가는 폴란드 노동자들 수백 명이 있었다. 나는 그들의 몸뚱이를 뛰어넘으며 복도를 지나다가 이따금 멈추어 서서 바라보았다. 야등 아래에 서서 보니, 공동침실을 닮았으며 병영 내지는 경찰서의 내음이 풍기는 이 칸막이 없는 기차 칸의 모습과 급행열차의 흔들림으로 한데 뒤엉킨 사람들의 모습이 눈에 들어왔다. 악몽에 파묻혀 자신의 가난으로 되돌아가는 이 사람들. 나무로 된 긴 의자 위로 짧게 민 커다란 머리통들이 굴러다녔다. 남자, 여자, 아이 할 것 없이 모두 오른쪽 왼쪽으로 몸을 뒤척였다. 잠들어 망각에 빠져 있으면서도 모든 소음과 흔들림으로부터 공격이라도 받는 듯했다. 그들은 단잠한테도 환영받지 못했다.

경제 추세에 떠밀려 유럽 이쪽 구석에서 저쪽 구석으로 옮겨 다니며, 프랑스 북부 지방의 작은 집, 조그마한 정원, 예전에 폴란드 광부들의 집 창문에서 본 적이 있는 그 제라늄 화분 세 개와 어쩔 수 없이 헤어져야 했던 이 사람들은 인간으로서의 품위를 잃어버린 것처럼 보였다. 그들은 제대로 묶이지 않아 풀려버린 보따리에 취사도구와 이불, 커튼만 챙겨 왔다. 그들이 어루만지고 애지중지한 모든 것, 프랑스에 살면서 4, 5년 동안 길들인 고양이, 개, 제라늄 같은 것은 전부 포기할 수밖에 없었고, 그저 살림 보따리 하나만 가지고 나온 것이다.

한 아이가 어머니의 젖을 빨고 있었다. 어머니는 지쳐 잠들었다. 이 부조리하고 무질서한 여행 중에도 생명은 이어지고 있었다. 그 아버지를 바라보았다. 반들반들하고 돌처럼 묵직한 머리. 불편한 잠 속에 구겨 접어놓은, 작업복에 갇힌 혹과 움푹한 상처가 난 그 육신. 그 남자는 점토 덩어리와 같았다. 한밤중에 더 이상 형체도 없는 잔해가 장터 의자에 널브러져 있는 꼴이었다. 문제는 이 비참함, 이 더러움, 이 추함에 있는 게 아니라는 생각이 들었다. 이 남자와 여자는 언젠가 서로를 알게 되었고, 분명 남자가 여자에게 미소를 지어 보였으리라. 또 하루 일이 끝난 후 남자가 여자에게 꽃을 가져다주었을 것이다. 소심하고 서투른 그 남자는 무시당할까 봐 떨었다. 하지만 자신의 우아함을 잘 아는 여자는 타고난 교태로, 남자를 안달복달하게 하는 게 즐거웠을 것이다. 그리하여 지금은 삽질이나 망치질하는 기계가 되어버린 그 남자는 감미로운 불안감을 느꼈다. 알 수 없는 일은, 그들이 이런 점토 덩이가 되어버렸다는 사실이다. 어떤 끔찍스러운 틀에 들어갔다 나왔기에, 금형 기계에서 찍혀 나온 듯 문양이 찍히게 된 것일까? 나이 든 짐승은 자신의 우아함을 지킨다. 이 아름다운 인간의 점토는 어째서 망가져버리고 마는 것일까?

불편한 장소에서 으레 그렇듯 힘겹게 잠을 자는 이 사람들 사이로 나는 여행을 계속한다. 거칠게 코 고는 소리, 희미한 신음소리, 한쪽으로 자다 배겨서 뒤척이는 사람의 신발 끄는 소리가 뒤섞인 불분명한 소리가 떠돌았다. 그리고 귀가 멍멍하도록 끝없이 이어지는 그 바닷물에 떠밀려 뒹구는 자갈 소리도 여전히 들렸다.

나는 한 부부의 맞은편에 앉는다. 남자와 여자 사이에 아이가 간신히 자리를 잡고 잠들어 있었다. 그런데 자던 아이가 몸을 돌렸고, 야등 아래로 그 얼굴이 보였다. 아! 얼마나 사랑스러운 얼굴인지! 이 부부로부터 황금빛 과실 같은 아이가 태어났다. 저 묵직한 누더기에서 이렇게 사랑스럽고 우아한 존재가 태어났다. 나는 그 매끄러운 이마 위로, 살며시 비죽거리는 입술 위로 몸을 수그린 채 생각한다. 음악가의 얼굴이로구나, 어린 모차르트로구나. 생명이 해준 아름다운 약속이 여기에 있구나. 전설에 나오는 어린 왕자들도 이 아이와 전혀 다를 바 없었다. 주위에서 잘 보살피고, 교양을 가르치면, 어떤 사람인들 되지 못할까! 접목을 통해 새로운 품종의 장미가 태어나면 정원사들은 감동한다. 그 장미가 잘 자라나도록 특별대우를 한다. 하지만 사람을 돌보는 정원사란 없다. 어린 모차르트에게는 다른 이들과 마찬가지로 금형 틀 문양이 찍힐 것이다. 모차르트는 콘서트 카페의 악취 속에서 썩어빠진 음악을 최고의 기쁨으로 삼게 될 것이다. 이렇게 모차르트는 사형언도를 받는다.

나는 내 기차 칸으로 돌아간다. 그리고 생각한다. 이 사람들은 자기 운명을 전혀 괴로워하고 있지 않다고. 내가 괴로운 건 동정심 때문이 결코 아니다. 끊임없이 다시 벌어질 상처에 마음이 약해지는 것이 결코 아니다. 그런 상처를 입은 사람은 그 상처를 느끼지 못하니까. 여기에서 상처입고 상한 것은 한 개인이 아니라 인류 전체에 해당하는 그 어떤 존재다. 나는 연민을 믿지 않는다. 내가 고통스러운 것은, 정원사의 관점에서 생각하기 때문이다. 내가 고통스러워하는 것은 그 비참함이 아니다. 결국 사람은 나태함에 들어앉는 것만큼이나 비참함에도 잘 들어앉는 법이니까. 근동 지역 사람들은 수세대에 걸쳐 먼지 구덩이 속에 살면서도 만족해한다. 나를 괴롭히는 것은 무료 배급 따위로는 치유할 수 없는 어떤 것이다. 나를 괴롭히는 것은 그 상처도, 그 혹도, 그 추함도 아니다. 그건, 모든 사람들이 마음속에 품고 있던 살해당한 모차르트다.

오로지 '영혼'만이 진흙에 숨결을 불어넣어 '인간'을 창조해낼 수 있다.

앙투안 드 생텍쥐페리

Antoine de Saint-Exupéry, 1900~1944

1900년 프랑스 리옹에서 태어났다. 10세 무렵, 휴가지 근처의 비행장을 드나들며 비행에 매료되었고 1921년에 항공부대에 정비사로 입대해 자비로 비행 교습을 받았다. 조종사 면허증을 딴 후 직업군인이 되려고 했으나 약혼녀 집안의 반대로 제대해 파리에서 사무직에 종사했다. 파혼 후, 1926년 조종사로 입사해 프랑스 툴루즈에서 아프리카 다카르까지 우편물을 항공 수송하는 임무를 맡았고, 1927년에는 모로코 남부 카프 쥐비 기지의 책임자로 임명됐다. 이 시기에 틈틈이 쓴 소설이 『남방 우편기』다. 1929년에는 아르헨티나 기지의 책임자로 임명되어 부에노스아이레스

로 이직했다. 이때의 경험을 바탕으로 집필한 『야간
비행』으로 작가로서 명성을 얻은 생텍쥐페리는 비행
과 집필 활동을 병행하며 1939년 『인간의 대지』를 발
표했고, 이 작품으로 아카데미 프랑세즈 소설 대상을
받았다. 2차 세계대전 당시 정찰비행단에서 조종사로
종군했다. 1941년부터 2년여간 이어진 미국 망명 시
절 동안 『전시 조종사』 『어린 왕자』 등을 발표했으며,
유럽으로 돌아간 뒤에는 프랑스군 정찰비행단에 합류
했다. 1944년 7월 31일 독일군 전투기의 사격을 받고
지중해로 추락하여 전사했다.

이정은

사회복지학을 전공하고 일러스트레이터로 활동하다 프랑스로 건너가 '외국인을 위한 불어교육' 전문 석사 학위를 취득했다. 현재 해외에 거주하며 바른번역 소속 번역가로 활동하고 있으며 한국어와 프랑스어를 가르치기도 한다. 옮긴 책으로 『목로주점』 『각방 예찬』 『크리스토프 아담의 에클레어』 등이 있다.

인간의 대지

2018년 3월 15일 1판 1쇄 발행

2024년 12월 20일   3쇄 발행

지 은 이 앙투안 드 생텍쥐페리

옮 긴 이 이정은

발 행 인 이상영

편 집 장 서상민

편 집 인 한성옥, 채지선

디 자 인 서상민, 전가람, 오윤하

마 케 팅 박진솔

교정·교열 노경수

퍼 낸 곳 디자인이음

등 록 일 2009년 2월 4일:제300-2009-10호

주   소 서울시 종로구 효자동 62

전   화 02-723-2556

메   일 designeum@naver.com

blog.naver.com/designeum

instagram.com/design_eum

*잘못된 책은 바꾸어 드립니다.

빼앗긴 들에도 봄은 오는가

우리나라의 대표적인 저항 시인으로 손꼽는 이상화의 대표작 『빼앗긴 들에도 봄은 오는가』의 이름을 따른 시집이다. 이상화 생전에는 출간된 시집이 없으며, 사후 1951년 백기만이 청구출판사에서 펴낸 『상화와 고월』에 시 16편이 실렸다. 이기철 편 『이상화 전집』과 김학동 편 『이상화 전집』, 대구 문인협회 편 『이상화 전집』등 세 권의 전집에 유작이 모두 담겼다. 이 책에서는 『빼앗긴 들에도 봄은 오는가』『나의 침실로』를 포함하여 잘 알려지지 않은 시까지 모두 61편을 함께 실었다. 이상화의 민족 저항 시인의 면모와 함께 종교와 여성 문제, 공간, 대구 방언을 아우르는 그의 다채로운 작품 세계를 만나볼 수 있다.

빼앗긴 들에도 봄은 오는가

2018년 8월 16일 1판 1쇄 발행

2024년 7월 8일 1판 2쇄 발행

지 은 이 이상화

발 행 인 이상영

편 집 장 서상민

편 집 인 채지선, 한성옥

디 자 인 오윤하

마 케 팅 박진솔

펴 낸 곳 디자인이음

등 록 일 2009년 2월 4일:제300-2009-10호

주   소 서울시 종로구 효자동 62

전   화 02-723-2556

메   일 designeum@naver.com

blog.naver.com/designeum

instagram.com/design_eum